www.ingramcontent.com/pod-product-compliance
Lightning Source LLC
LaVergne TN
LVHW050951051026
849532LV00005B/1793
* 9 7 8 9 3 5 8 7 2 5 8 5 8 *

خوشبو خوشبو نظمیں اپنی

(بچوں کی نظمیں)

عطا عابدی

Khushboo Khushboo Nazmein Apni *(Poems for Children)*
by: Ata Abidi
Edition: May '2024
Publisher :
Taemeer Publications LLC (Michigan, USA / Hyderabad, India)

ISBN 978-93-5872-585-8

9 789358 725858

کتاب	:	**خوشبو خوشبو نظمیں اپنی**
مصنف	:	**عطاعابدی**
صنف	:	ادب اطفال
ناشر	:	تعمیر پبلی کیشنز (حیدرآباد، انڈیا)
سالِ اشاعت	:	۲۰۲۴ء
صفحات	:	۶۴
سرورق ڈیزائن	:	تعمیر ویب ڈیزائن

اردو کے مرحوم رسائل

ماہنامہ مسرت، پٹنہ

ماہنامہ کلیاں، لکھنؤ

ماہنامہ ثانی، لکھنؤ

اور

ماہنامہ کھلونا، نئی دہلی

کے نام

جو میرے بچپن کے مطالعے سے منسوب ہیں

رنگ و بو

رودادِ چمن

(پیش لفظ)

''خوشبو خوشبو نظمیں اپنی'' مختلف عمر کے طلبہ و طالبات کے لیے لکھی گئی میری نظموں کا مجموعہ ہے۔ چند مہینے پیش تر بچوں کے لیے لکھی گئی میری کہانیوں کا مجموعہ ''مناظرے مذکر و مؤنث کے'' نور پبلیکیشنز، مالیگاؤں کے زیرِ اہتمام شائع ہو چکا ہے۔ ان دونوں کتابوں کے موضوعات بچے/بچیوں خصوصاً طلبہ و طالبات کے ذہنی و علمی ذوق و تجسس اور ان کی تعلیم و تربیت سے تعلق رکھتے ہیں۔ اللہ سے دعا ہے کہ یہ کتابیں بچوں کو نہ صرف لطف و کیف سے ہمکنار کریں بلکہ علم و عمل کی تحریک و ترغیب کا بھی سرچشمہ ثابت ہوں۔ (آمین)

امید ہے، پیش نظر کتاب کو آپ اپنے قیمتی تاثرات و مشوروں سے محروم نہ کریں گے۔

ہم اپنے بچوں کی تعلیم و تربیت کے لیے بجا طور پر فکر مند رہتے ہیں اور مطلوبہ تقاضوں کی تکمیل کے لیے ہر ممکن کوششیں کرتے رہتے ہیں۔ لیکن اجتماعی و ادبی سطح پر عموماً ہمارا رویہ اس سنجیدگی کا مظہر نہیں ہوتا جو ہونا چاہیے۔ اگر ایسا نہیں ہوتا تو ہمارے سماجی و ادبی وسیلوں میں بچوں کی اخلاقی تعلیم و تربیت ترجیحی حیثیت رکھتی، لیکن ایسا نہیں ہے۔ بعض لوگ ادب میں سماج کے ذکر سے ہی ناک بھوں چڑھانے لگتے ہیں تو بعضوں کو سماجی سروکاروں سے دلچسپی کار زیاں معلوم ہوتی ہے۔ دراصل وہ اپنی ذات سے باہر نکلنا نہیں چاہتے کہ وہاں کئی سخت مقام آتے ہیں۔

ادب اطفال کی تخلیق آسان عمل نہیں ہے۔ جو لوگ اسے دوئم درجے کا ادب کہتے ہیں یا تنگ بندیوں سے تعبیر کرتے ہیں وہ یا تو بچوں کے ذہنی استعداد اور اس کے تقاضوں سے واقف نہیں ہوتے یا پھر ایک قلم کار ہونے کے ناطے ان پر بچوں کے لیے جو اضافی ذمہ داریاں عاید ہوتی ہیں، انہیں تسلیم کرنا نہیں چاہتے۔ بچوں یعنی کم عمر طلبہ و طالبات کے لیے لکھتے وقت شاعر و ادیب کو اپنی توجہ بچے کی ذہنی سطح پر مرکوز کرنی پڑتی ہے تاکہ بچے کو نہ صرف ادب سے دلچسپی پیدا ہو بلکہ اس ادب میں پنہاں نصیحتوں سے بھی وہ فیضیاب ہو سکیں۔ ظاہر ہے،

ایسے ادب کی تخلیق اُن خود ساختہ "عظیم" شعراء و ادباء کے بس کی بات نہیں ہے جو اپنی ذہنی سطح کو بچوں کی ذہنی سطح سے ہم آہنگ کرنے کی لیاقت سے عاری ہیں۔ ایسے قلم کار بچوں کے لیے لکھنا تو کسر شان سمجھتے ہی ہیں، بچوں کے لیے لکھنے والوں کو ادب کی پچھلی صف کا آدمی خیال کرتے ہیں۔ ایسے قلم کاروں کے اہداف اپنی ذات کی نمائش یا اس سے وابستہ تحفظات و تعصبات تک محدود ہوتے ہیں۔ انہیں ان امور پر پردہ ڈالنے کی ترکیب بس یہی نظر آتی ہے کہ بچوں کے لیے لکھے جانے والے ادب کو ادب کے زمرے میں رکھنے سے پرہیز کیا جائے، اسے دوسرے درجے کا ادب سمجھ کر نظر انداز کیا جائے یا پھر تک بندی قرار دے کر اسے تحقیر آمیز نگاہوں سے دیکھا جائے۔

ایک بات اور بھی ہے، بچوں کے لیے لکھتے وقت اچھی اچھی باتوں کی تلقین و نصیحت کا جذبہ کارفرما رہنا چاہئے، لیکن جب ہم خود اچھی اچھی باتوں سے محروم ہوں تو بچوں کو کس طرح نصیحت کریں گے؟ جب ہم جھوٹ، فریب، حسد، کینہ، تعصب جیسے مکروہ افعال کے مرتکب ہو رہے ہوں تو وہاں کس طرح بچوں کو ان سے دور رہنے کی تلقین و ترغیب دیں گے؟ اگر ہم ایسا کریں بھی تو خلوص کا فقدان ہماری باتوں کو تاثیر سے محروم کر دے گا۔ لہٰذا ان کو اپنی خیریت اسی میں نظر آتی ہے کہ ایسے ادب کی آبیاری یا پذیرائی سے گریز کیا جائے۔

میں یہ نہیں کہتا کہ جو لوگ ادب اطفال کی تخلیق نہیں کرتے، ان سب کے یہاں وہی وجہیں ہیں جو اوپر درج کی گئیں۔ لیکن جو لوگ ادب اطفال کو تک بندی یا دوسرے تیسرے درجے کا ادب کہتے ہیں ان کا یہ رویہ یقیناً ان کے تحفظ و تعصب کی پیداوار ہوتا ہے۔ ورنہ سچ تو یہ ہے کہ ادب اطفال بچوں کی تعلیم و تربیت کے لیے لازمی و ناگزیر عنصر کی حیثیت رکھتا ہے۔ یعنی بچوں کے ادب کی تخلیق غیر معمولی ذمہ دارانہ عمل ہے۔ کسی نے سچ کہا ہے کہ بچوں کے لیے لکھنا بچوں کا کھیل نہیں ہے۔

ماہرین تعلیم بھی ادب (ادب اطفال) کی تعلیمی معنویت کا اظہار و اعتراف کرتے رہے ہیں۔ میں نے ایک مضمون "ادب کی تعلیمی معنویت" (مشمولہ: مطالعے سے آگے/۲۰۰٦) میں ماہرین تعلیم کے خیالات کی روشنی میں ادب کی تعلیمی معنویت واضح کی تھی۔ اس مضمون سے دو اقتباسات ملاحظہ فرمائیں:

(ا) پروفیسر اکبر رحمانی جو تعلیم اور ادب اطفال کے مسائل پر گہری نظر رکھتے ہیں اور ان موضوعات پر کئی کتابیں بھی ترتیب دے چکے ہیں، لکھتے ہیں — "یہ ایک مسلمہ حقیقت ہے کہ خاندان، قوم اور ملک کے روشن مستقبل کا انحصار بچوں کی صحیح تعلیم و تربیت پر ہوتا ہے۔ آج کا بچہ کل کا شہری ہے، اس لحاظ سے بچے "قومی امانت" ہوتے ہیں۔ اور اس امانت کا تحفظ معاشرے کے ہر فرد کی ذمہ داری ہے۔ یہ ذمہ داری تقاضا کرتی ہے کہ خاندان و معاشرہ اور قوم و ملک کا مفید خادم بنانے کے لیے اس کی جسمانی نشو و نما کے ساتھ اس کی عمدہ ذہنی تربیت اور شخصیت کی متوازن نشو و نما پر بھی توجہ دی جائے۔ اس مقصد کے حصول میں ادب ایک اہم اور موثر

وسیلہ ثابت ہوا ہے مگر افسوس کہ ہم نے اس "موثر وسیلے" کو اتنی اہمیت نہ دی جتنی اسے دینا چاہیے تھی۔"

(۲) تعلیم و تربیت کے فن پر افضل حسین ایم اے ایل ٹی کی کتاب "فن تعلیم و تربیت" اپنے موضوع پر مکمل کتاب ہے اور شاہکار تصنیف کا درجہ رکھتی ہے۔ افضل حسین صاحب نے جس عرق ریزی اور محنت وخلوص سے اس کتاب کی تصنیف کی ہے، اس کا اندازہ ہر ورق سے لگایا جا سکتا ہے۔ افضل حسین ماہر تعلیم تھے اور بچوں کی نفسیات سے بخوبی واقف تھے۔ ظاہر ہے کہ ان کی نگاہ بلند سے تعلیم و تربیت کے باب میں ادب کی افادیت کس طرح پوشیدہ رہ سکتی تھی۔ لہٰذا اس کتاب میں مختلف جگہ، تعلیم و تربیت کے لیے ادب اور اس کی مختلف اصناف کی اہمیت کا ذکر واضح الفاظ میں کیا گیا ہے۔"

الکٹرونک میڈیا آج پرنٹ میڈیا کے سامنے ایک چیلنج کی حیثیت رکھتی ہے۔ مختلف کارٹون چینلز مافوق الفطرت مناظر و واقعات پیش کر کے بچوں کو جرائم کے متنوع پہلو اور سحر زدہ طلسمی کیفیات سے دوچار کرتے رہتے ہیں۔ آج نصابی کتابوں کے موضوعات، آرٹس ہوں یا سائنس، زندگی کو زیادہ سے زیادہ آسائش سے نوازنے والی ملازمتوں کے حصول کے پیش نظر ترتیب دیئے جاتے ہیں۔ میں اقتصادیات کی اہمیت کا منکر نہیں کہ اس کے بغیر آدمی مختلف برائیوں پر مجبور ہو جاتا ہے۔ مجھے کہنا صرف یہ ہے کہ وہ چینلز یا نصابی کتابوں کے موضوعات اخلاقیات کے باب میں خاموش صورت حال پیش کرتے ہیں۔ ایسے میں انسانی و اخلاقی اوصاف سے مزین وہ معاشرہ جو صالحیت و نافعیت کا امین ہو، کہیں دکھائی نہیں دیتا۔ آج سماج کی بہت ساری خرابیوں کی وجہ یہ بھی ہے کہ نصاب سازوں کی توجہ بچے کو ڈاکٹر، انجینئر، اعلیٰ افسر اور نئی تکنیک کے ماہرین بنانے کی طرف تو ہوتی ہے لیکن یہ ماہرین سماج میں اپنے اخلاقی اوصاف اور اعلیٰ انسانی قدروں کی پاسداری کی بنا پر بھی اپنی پہچان بنا سکیں، اس کی ویسی فکر نہیں ہوتی جیسی ہونی چاہیے۔ اسی کا نتیجہ ہے کہ آج نہ تو ڈاکٹر میں مریض کے تئیں ویسی ہمدردی کا جذبہ ہے، نہ استاد کو اپنی عظمت کا پاس ہے نہ طالب علم کو استاد کی حرمت کا خیال۔ یہی وجہ ہے کہ آج بہت سے گھپلوں اور جرائم میں اعلیٰ تعلیم یافتہ حضرات بھی ملوث نظر آتے ہیں۔ یہ ایک ایسا خلاء ہے جسے ادب اطفال کے ذریعہ پر کیا جا سکتا ہے تا کہ مستقبل حال سے زیادہ تابناک اور نفع بخش ہو۔ اس اعتبار سے ادب اطفال کے تئیں قلم کاروں کی ذمہ داریاں بڑھ جاتی ہیں۔ لہٰذا ضرورت ہے کہ ہمارے شعراء، ادباء اور نقاد ادب اطفال کی اہمیت و افادیت کو نہ صرف سمجھیں بلکہ اسے اپنی گفتگو و مطالعے کا حصہ بھی بنائیں۔

نیاز مند

عطا عابدی

حمد

جوا بتدا ہے جو انتہا ہے، وہی خدا ہے وہی خدا ہے
نبیؐ نے جس کو خدا کہا ہے، وہی خدا ہے وہی خدا ہے

وہ جس کے دم سے وجود سارے وہ جس کی خاطر سجود سارے
جو سب سے بے ریب وشک بڑا ہے، وہی خدا ہے وہی خدا ہے

شریک جس کا نہیں ہے کوئی، حریف جس کا نہیں ہے کوئی
جو ہر جگہ ہے مگر چھپا ہے، وہی خدا ہے وہی خدا ہے

جو واحد و بے نیاز ٹھہرا جو کافی و کارساز ٹھہرا
جو نیّتِ دل بھی جانتا ہے، وہی خدا ہے وہی خدا ہے

ادا سے جس کی جہان اکمل، رضا سے جس کی بشر ہے افضل
عطا سے جس کی عطاؔ عطا ہے، وہی خدا ہے وہی خدا ہے

●●

• 'نور' رامپور رجولائی' ۲۰۰۸

حمد و مناجات

احسان یاد رکھیں ہم سب یہ اپنے رب کا
خالق وہی ہے سب کا رازق وہی ہے سب کا

اس نے زمیں بنائی اور آسماں بنائے
اس نے یہ چاند سورج بھی ضوفشاں بنائے
اس نے یہ پھول پودے یہ گلستاں بنائے
اس نے تمام منزل اور کارواں بنائے

احسان یاد رکھیں ہم سب یہ اپنے رب کا
خالق وہی ہے سب کا رازق وہی ہے سب کا

اس نے ہمیں دیئے ہیں ماں باپ پیارے پیارے
اس نے ہمیں دیئے ہیں بھائی بہن یہ سارے
پیدا کیے اسی نے دنیا کے یہ نظارے
اس کی عنایتوں سے آباد ہیں گھر ہمارے

احسان یاد رکھیں ہم سب یہ اپنے رب کا
خالق وہی ہے سب کا رازق وہی ہے سب کا

اس نے ہماری خاطر پیارے رسولؐ بھیجے
بہر ہدایت اس نے قرآں کے تحفے بخشے
تب جا کے ہم نے پائے یہ طور زندگی کے
حمد و ثنا میں اس کی ہم دن گذاریں اپنے

احسان یاد رکھیں ہم سب یہ اپنے رب کا
خالق وہی ہے سب کا رازق وہی ہے سب کا

●●

شمع یقین

غم نہیں ٹوٹ جائیں سہارے سبھی، اک خدا کا سہارا ہے کافی ہمیں
دین و دنیا کی دولت ہو قدموں تلے، کُن کا ادنیٰ اشارا ہے کافی ہمیں

چاند تاروں سے اب کوئی رغبت نہیں، پھول سے چہرے ہم کو لبھائیں گے کیا
فرحت دل سکونِ نظر کے لیے، سجدہ گہہ کا نظارا ہے کافی ہمیں

ڈگمائے قدم اپنا ممکن نہیں، چاہے کتنی ہی دشواریاں کیوں نہ ہوں
جادۂ زیست میں رہبری کے لیے، ان کا حسن دلآرا ہے کافی ہمیں

ناخدا اور پتوار کوئی نہیں اور کشتی ہماری ہے ٹوٹی ہوئی
ایسے عالم میں بھی مطمئن سے ہیں ہم، صرف تیرا سہارا ہے کافی ہمیں

کتنا آسان ہے رستہ اسلام کا، غیر کی سجدہ گاہوں کے بدلے عطاؔ
بارگاہِ خداوند قدوس میں، ایک سجدہ ہمارا ہے کافی ہمیں

••

• ہدیٰ ڈائجسٹ، نئی دہلی/ نومبر ۱۹۹۱ء
• سیارہ، لاہور، سالنامہ/ ۱۹۹۳ء/ اشاعت خاص ۳۳

دُعا

گلشن کو مرے یارب موسم وہ سہانا دے
خوشبو کا خزانہ دے خوشیوں کا ترانہ دے

نفرت کے تعصب کے ہیں گردو غبار ہر سو
اخلاص کی بارش دے الفت کا زمانہ دے

وہ کام کروں تیرا مر کر بھی رہوں زندہ
توفیق شہادت دے جینے کا بہانہ دے

راہوں پہ چلوں تیرے اور آگے جھکوں تیرے
وہ علم وہ جذبہ دے، وہ سر دے وہ شانہ دے

زخموں سے بھرے ہیں ہم، ظلمت سے گھرے ہیں ہم
زخموں کو مسیحا دے، پرنور ٹھکانہ دے

کہتے ہیں خرد والے، حق راہ میں خطرے ہیں
ہم پھر بھی چلیں ان پر، دل ایسا دیوانہ دے

●●

• ماہنامہ تحسیمات، بجنور/اپریل ۲۰۰۴ء

نعت

جہل و عصیاں کی بدلی تھی چھائی ہوئی، تیرگی، تیرگی، تیرگی، ہر طرف
لائے تشریف جس دم نبیؐ، ہوگئی، روشنی، روشنی، روشنی، ہر طرف

چودہ سو سال پہلے کا ہر واقعہ، پیکرِ شمعِ دوراں میں یوں ڈھل گیا
زیست کی شاہراہوں پہ ہے ضوفشاں، آج بھی، آج بھی، آج بھی، ہر طرف

دعوتِ کبریا پر حبیبِ خداؐ، جانبِ سدرۃ المنتہیٰ جب چلے
ماہ و انجم کے لب سے ہویدا ہوئی، نغمگی، نغمگی، نغمگی، ہر طرف

مرحبا تین سو تیرہ کا قافلہ، زورِ بازوئے مومن تو دیکھو بھلا
لشکرِ کفر کے درمیاں مچ گئی، کھلبلی، کھلبلی، کھلبلی، ہر طرف

خالقِ دو جہاں کا یہ احسان ہے، نعت گوئی نے بخشا یہ فیضان ہے
مثلِ خوشبو کے پھیلی عطاؔ یہ مری شاعری، شاعری، شاعری، ہر طرف

●●

• مسافر، بلبل (مدھوبنی) رجنوری ۱۹۸۷ء
• راوی (لندن) کا عالمی مقابلہ، پہلا خصوصی انعام ر ۱۹۹۳ء

نعت

نبیؐ کا نام ہے عالی شان، نبیؐ کا کام ہے عالی شان

جگمگ جگمگ چندا کرتے جھلمل جھلمل تارے
رم جھم رم جھم رحمت برسے جیون پتھ اجیارے
جدھر جدھر سے وہ گزرے وہ گام ہے عالی شان
نبیؐ کا نام ہے عالی شان، نبیؐ کا کام ہے عالی شان

اُن کے وسیلے سے ہم نے ایمان کی دولت پائی
اُن کا ہی فیضان ہے جو قرآن کی نعمت پائی
ہر صفحہ جس کا رب کا انعام ہے عالی شان
نبیؐ کا نام ہے عالی شان، نبیؐ کا کام ہے عالی شان

رب نے انہیں محبوب کہا اور اپنا مہماں بنایا
رب سے آپؐ نے کیا نادر معراج کا تحفہ پایا
بندے پر یعنی رب کا اکرام ہے عالی شان
نبیؐ کا نام ہے عالی شان، نبیؐ کا کام ہے عالی شان

شہر مدینہ منظر امن و اماں کا مسکن
گلی گلی طیبہ کی روشن مثل وادیٔ ایمن
صبح ہے عالی شان وہاں کی شام ہے عالی شان
نبیؐ کا نام ہے عالی شان، نبیؐ کا کام ہے عالی شان

●●

نغمۂ رمضاں

ساحل پہ مرادوں کے مومن کا سفینہ ہے
رمضاں جسے کہتے ہیں رحمت کا مہینہ ہے

ہے وقت طہارت کا، قرآں کی تلاوت کا
ہے کیف عبادت میں جینے میں قرینہ ہے

دیکھ اپنی نگاہوں سے فیضانِ صیام اے دل
نقشِ قدمِ مومن فردوس کا زینہ ہے

الطاف و عنایت کے دریا ہیں رواں ہر سو
مومن کے لیے رب کی رحمت کا خزینہ ہے

سرکار دو عالمؐ کی یاد آئی ہے کیا دل کو
ہر سمت فضاؤں میں خوشبوئے مدینہ ہے

مانگو گے عطاؔ جو بھی پاؤ گے سوا اس سے
رمضاں کا مہینہ تو رحمت کا مہینہ ہے

••

• آئینۂ عقیدت / ۱۹۸۷ء
• بچوں کا ماہنامہ 'امنگ' دہلی / مارچ ۱۹۹۱ء

حسرتِ طیبہ

اب تو سویا نصیبہ جگا دے
ہم کو مکہ مدینہ دکھا دے

حج کا ہر سال آتا ہے موسم
ابرِ رحمت برستا ہے پیہم
وائے افسوس اب تک مگر ہم
دل کے دل میں لیے ہیں ارادے

اب تو سویا نصیبہ جگا دے
ہم کو مکہ مدینہ دکھا دے

کچھ بھی کہنا نہیں ہے کسی سے
یہ دعا ہے ہماری تجھی سے
دین کے نور کی روشنی سے
دل کی دنیا کو تو جگمگا دے

اب تو سویا نصیبہ جگا دے
ہم کو مکہ مدینہ دکھا دے

ذکرِ حج لوگ کرنے لگے ہیں
حج کی تیاریوں میں جٹے ہیں
دل کے ارماں دھرے کے دھرے ہیں
اپنی دنیا میں بھی رنگ لا دے

اب تو سویا نصیبہ جگا دے
ہم کو مکہ مدینہ دکھا دے

ہم ہیں مجبور، معذور و قاصر
کچھ وسیلہ نہیں ہے بظاہر
تو زمان و مکاں پر ہے قادر
حج اسی سال عطاؔ کو کرا دے

اب تو سویا نصیبہ جگا دے
ہم کو مکہ مدینہ دکھا دے

●●

حج مبارک

رحمتِ حق ہوئی جلوہ گر حاجیو
ہوگئی شام رشکِ سحر حاجیو
خود خدا جب ہوا راہ بر حاجیو
کیوں نہ چومے قدم رہ گزر حاجیو

بخت ہے آپ کا اوج پر حاجیو
ہو مبارک یہ حج کا سفر حاجیو

نورِ تطہیر سے بھر گئی ہے فضا
صوتِ لبیک سے گونجتی ہے فضا
مشک و عنبر میں جیسے بسی ہے فضا
مرحبا مرحبا کہہ رہی ہے فضا

ایسے میں ہے تمہارا گزر حاجیو
ہو مبارک یہ حج کا سفر حاجیو

یاد دنیا کی رو کے نہ ہرگز قدم
پاؤں آگے بڑھیں سوئے بابِ حرم
یہ دعا ہے، خدا کا ہو اتنا کرم
بطنِ مادر سے بچہ لے جیسے 'جنم'

اس طرح آؤ تم لوٹ کر حاجیو
ہو مبارک یہ حج کا سفر حاجیو

حاجیو، ایک شاعر کی ہے التجا
جب بھی ارضِ مقدس کا ہو سامنا
دل کی گہرائی سے مانگنا یہ دعا
جلد آئے وہ دن جب تمہارا عطا

دیکھ لے کاش طیبہ نگر حاجیو
ہو مبارک یہ حج کا سفر حاجیو

●●

- تعمیر حیات، لکھنؤ، جون ۱۹۹۲
- مشمولہ: رہنمائے حج و عمرہ از حضرت ناوک حمزہ پوری/۲۰۰۶

او دین کے مسافر

او دین کے مسافر
او دین کے مسافر

رستوں کی فکر کیسی
رہزن کا خوف کیسا
جب دو جہاں کا خالق
ہے حافظ اور ناصر

او دین کے مسافر
او دین کے مسافر

ہے تیرا کام بڑھنا
سورج کی طرح چڑھنا
آیاتِ زندگی کو
دل کی نظر سے پڑھنا
پُرخار وادیوں میں
دیوانہ وار بڑھنا

کچھ مشکلیں ملیں گی
کچھ حادثے ملیں گے
لیکن نہ ہو نمایاں
لغزش کسی قدم سے
اک روشنی ملے گی
اُمت کو تیرے دم سے
ہر چوٹ ہنس کے سہنا
تبلیغ حق کی خاطر

او دین کے مسافر
او دین کے مسافر

جو ظلمتوں میں گم ہیں
تو ان کو روشنی دے

محرومِ زندگی کو
پیغامِ زندگی دے
لب خشک ہو رہے ہیں
تو ان کو تازگی دے

بے خوف ہو کے چلنا
سچائیوں پہ مرنا
رستوں کے پیچ وخم پر
ہر دم نگاہ رکھنا
تجھ پر بھی قرض ہے کچھ
دنیائے آب وگِل کا
خلقِ خدا کی خدمت
اپنا شعار کرنا
اللہ ساتھ ہوگا
رہنا تُو بن کے صابر

او دین کے مسافر
او دین کے مسافر

جو کچھ تجھے خدا نے
احکام ہیں سنائے

دنیا کو وہ بتا دے
نقش دوئی مٹا دے
سوتوں کو اب جگا دے
حق کا پتہ بتا دے
مقصد پہ حرف تیرے
ہرگز نہ آنے پائے
دیکھ! آشیانِ وحدت
الحاد میں گیا گھرِ

او دین کے مسافر
او دین کے مسافر

••

• آئینۂ عقیدت، مارچ ۱۹۸۷ء
• ماہنامہ 'حیات نو' اعظم گڑھ، مئی جون ۱۹۸۹ء

وصیّتِ مادر

ایک احساں کیا کیجیے گا
مغفرت کی دعا کیجیے گا

غم کا طوفان گھیرے تو گھیرے
راہِ حق پر چلا کیجیے گا

غم کی حالت ہو یا شادمانی
شکر رب کا ادا کیجیے گا

مرتے دم تک نمازیں نہ چھوٹیں
خیال اس کا رکھا کیجیے گا

علم و دانش کا مخزن یہی ہے
روز قرآں پڑھا کیجیے گا

دین و دنیا کی ہو سرفرازی
کام ایسا کیا کیجئے گا

ہوں عدو یا کہ اپنے پرائے
سب سے مل کے رہا کیجئے گا

میرے بعد ایک پل کے لیے بھی
غم نہ میرا ذرا کیجئے گا

کر رہی ہوں خدا کے حوالے
اُس کا ہی آسرا کیجئے گا

آئے جب بھی کبھی یاد میری
مغفرت کی دعا کیجئے گا

●●

- خیر اندیش، مالیگاؤں ر ۷ جنوری ۱۹۹۱ء
- اردو ڈائجسٹ، لاہور ر سالنامہ ۹۴ ر عظیم مائیں نمبر جلد دوم

اے ماں!

(والدہ مرحومہ کی یاد میں)

مجھ سے کچھ بھی نہ ہو سکا اے ماں
مغفرت کی ہے بس دعا اے ماں

تیرے لطف و کرم کا، احساں کا
کروں کس طرح شکریہ اے ماں

کاش بن جاؤں پھر سے میں بچہ
سر پہ پھر ہاتھ ہو ترا اے ماں

بے بسی، بے کسی کے عالم میں
ہے سہارا تری دعا اے ماں

یاد آتے ہی دل مچلتا ہے
میٹھی باتوں کا ذائقہ اے ماں

میری خاطر بچائے گا اب کون
اپنے حصے کی بھی غذا اے ماں

تیری خوشبو تھی صحن میں جس کے
وہ مکاں بھی کہاں رہا اے ماں

تیری یادوں کی رہ گزر میں ہے
میری سوچوں کا قافلہ اے ماں

تو نے مجھ کو خدا کو سونپا تھا
بس اسی کا ہے آسرا اے ماں

ڈھونڈتا ہے ہر ایک ماں میں تجھے
تیرا بیٹا، ترا عطا اے ماں

••

• بچوں کا ماہنامہ 'امنگ' نئی دہلی راگست ۱۹۹۰
• 'اردو ڈائجسٹ' لاہور، سالنامہ ۱۹۹۴ (عظیم مائیں نمبر جلد دوم)

پیامِ عمل

اجالے کا علم بردار، اندھیرے کی ضیا ہو جا
خدا کی راہ پر آجا، مسافر دین کا ہو جا

طلب منزل کی صادق ہے تو اوروں کا بھروسہ کیا
تو ہی رستہ تو ہی منزل تو خود ہی رہنما ہو جا

ضرورت ساری دنیا کو ہے تیری رہ نمائی کی
تو قرآں کی صدا ہو جا، مجاہد کی ادا ہو جا

قدم چومیں گی تیرا منزلیں ہاں شرط اتنی ہے
تو اب بھی شمع حق پہ مثلِ پروانہ فدا ہو جا

مواقع قیمتی ہیں یہ، یہی لمحے غنیمت ہیں
سمو کر جذبۂ دل شعر میں زندہ عطاؔ ہو جا

••

• عکسِ عقیدت/۲۰۰۲ء
• بخشی جنتری، کلکتہ/۲۰۰۳ء

چند پند سودمند

مرے بچے برائی سے بچو تم
ہمیشہ نیک راہوں پر چلو تم

سنو تو اچھی باتیں ہی سنو تم
کہو تو اچھی باتیں ہی کہو تم

پڑھو، اچھی کتابوں کو پڑھو تم
پڑھو جو کچھ، عمل اس پر کرو تم

حسد، کینہ، تعصب سے بچو تم
ریا سے صاف دل اپنا رکھو تم

جہاں تک ہو سویرے ہی اٹھو تم
کرو ورزش، صحت والے بنو تم

کبھی تم کام کو کل پر نہ ٹالو
جب آئے وقت، کام اپنا کرو تم

نبھانا جس کا ہو کل تم سے مشکل
نہ ایسا وعدہ بھولے سے کرو تم

کسی کو بھی حقارت سے نہ دیکھو
سبھوں سے پیار کا ناطہ رکھو تم

مسافر ہو کہ وہ گھر کا مکیں ہو
ملو جس سے، محبت سے ملو تم

کسی کے دل کو جس سے ٹھیس پہنچے
ہمیشہ ایسے کاموں سے بچو تم

سبھی خوش ہوں گے پاؤں گے دعائیں
عطاؔ کی نظم کے عامل بنو تم

●●

○ بچوں کا ماہنامہ امنگ، نئی دہلی، اگست ۱۹۹۹ء

علم

علم اک ایسی دولت ہے

کوئی بانٹ نہ اس کو پائے
کوئی چھانٹ نہ اس کو پائے
ہر سو اس کی دھاک ہے ایسی
کوئی ڈانٹ نہ اس کو پائے

علم اک ایسی دولت ہے

اس سے ادنیٰ ہوتا اعلا
ہوتا ہے پست اس سے بالا
چاہے گورا ہو یا کالا
اس سے بنتا وہ رکھوالا

علم اک ایسی دولت ہے

اس سے مت رہنا تم کھینچے
رکھتا ہے جو اس کو بھینچے

آگے وہ، سب اس کے پیچھے
ہر اونچائی اس کے نیچے

علم اک ایسی دولت ہے

علم ہے خاص انعام قدرت
نہیں ہے اس سے بڑھ کر نعمت
اس سے ساری شان و شوکت
اس سے عظمت اس سے شہرت

علم اک ایسی دولت ہے

اس دولت کو پاؤ بچو
آپس میں پھیلاؤ بچو
اونچا نام کماؤ بچو
سب کو یہ بتلاؤ بچو

علم بڑی اک دولت ہے

●●

٭ ماہنامہ پیام تعلیم، نئی دہلی، اکتوبر ۲۰۱۰ء

اچھی کتاب

دوستوں میں سب سے اچھا دوست ہے اچھی کتاب
آ بتا دوں کیسی ہوتی ہے عطاؔ اچھی کتاب

ہر قدم پر نیک و بد کا فرق بتلاتی ہے یہ
ہر قدم کو سیدھی سچی راہ دکھلاتی ہے یہ

دین و دنیا کا ہمیشہ ہم کو دیتی ہے سبق
روشنی ہی روشنی دیتا ہے اس کا ہر ورق

سیکھتی ہے اس سے دنیا کامرانی کا ہنر
یہ عطا کرتی ہے سب کو زندگانی کا ہنر

سہل ہو جاتی ہیں اس سے وقت کی باریکیاں
دور کرتی ہے یہ سب کے ذہن کی تاریکیاں

زندگی کے امتحاں میں حوصلہ دیتی ہے یہ
چاہنے والوں کو اونچا مرتبہ دیتی ہے یہ

اس کی صحبت سے فروزاں آج شمعِ اعتبار
اس کی الفت سے درخشاں آج حسنِ اعتبار

زندگی پاتی ہے اس سے آپ خود اپنی خبر
زندگی پاتی ہے اس سے اک مقامِ معتبر

بخشتی ہے یہ بصارت اور بصیرت بھی ہمیں
تا کہ دکھلائی پڑے شے کی حقیقت بھی ہمیں

یہ ہمیں بتلاتی ہے ہم کیا ہیں اور دنیا ہے کیا
یہ ہمیں بتلاتی ہے رب کون ہے عقبیٰ ہے کیا

اس کے دامن میں ہیں پنہاں ہر زمانے کے علوم
اس کے آنگن میں ہیں رقصاں چاند سورج اور نجوم

اس کے جلوے سے ہویدا معرفت کی دولتیں
نور سے اس کے ہوا انسان کا عرفاں ہمیں

اس کے دم سے ہم پہ واضح عقدۂ مرگ و حیات
اس کے دم سے ہم پہ روشن ہے جہانِ کائنات

اس قدر جامع مکمل ہیں عطاؔ اس کی صفات
کب ہے ممکن پیش کرنا اے عطاؔ اس کی صفات

••

• زبان و ادب، پٹنہ، اپریل ۲۰۱۲ء

اردو

اپنی تہذیب ہے اور اپنی زباں ہے اردو
اپنے گھر میں مگر افسوس کہاں ہے اردو

اہل الفت کے لیے حسن رواں ہے اردو
اہل دل کے لیے دلکش ہے جواں ہے اردو

آج بھی غالبؔ و اقبالؔ پڑھے جاتے ہیں
آج بھی کل کی طرح جادو بیاں ہے اردو

آج بھی پریمؔ کے اور کرشنؔ کے افسانے ہیں
آج بھی وقت کی جمہوری زباں ہے اردو

آج بھی ملک کی عظمت کے ہیں نغمے اس میں
آج بھی قوم کی حرمت کا بیاں ہے اردو

آج بھی بزم کی رونق ہے عطاؔ اس کے سبب
محفلِ شعر کی اس وقت بھی جاں ہے اردو

••

○ ہماری زبان، نئی دہلی/۲۰۱۰ء

ہم کو آگے جانا ہے

اپنی منزل پانا ہے
ہم کو آگے جانا ہے

رستہ ہے پرخار تو کیا
چلنا ہے دشوار تو کیا
آگے ہے دیوار تو کیا
دیواروں کو ڈھانا ہے

ہم کو آگے جانا ہے
اپنی منزل پانا ہے

علم سے اللہ اور نبیؐ
علم سے اپنی یہ ہستی
علم سے دین اور دنیا بھی
دین اور دنیا پانا ہے

ہم کو آگے جانا ہے
اپنی منزل پانا ہے

امن سے ہم ہیں اور تم بھی
امن ہے رونق دنیا کی
امن سے دنیا ہے باقی
دنیا کو سمجھانا ہے

ہم کو آگے جانا ہے
اپنی منزل پانا ہے

درس ہے یہ ہر چند ادق
کیوں ہو اس کا ہمیں قلق
ماضی سے اب لے کے سبق
مستقبل چمکانا ہے

ہم کو آگے جانا ہے
اپنی منزل پانا ہے

••

• ماہنامہ پیام تعلیم، نئی دہلی، نومبر ۲۰۰۹ء

ننھے مکرّم کے لیے دعائیں

اللہ اللہ پڑھے مکرّم
آگے آگے بڑھے مکرّم

رب کے آگے جھکے مکرّم
رب سے ہی بس ڈرے مکرّم

حق کی باتیں کہے مکرّم
حق کی راہیں چلے مکرّم

صبح سویرے اٹھے مکرّم
شکر خدا کا کرے مکرّم

خیر کا پیکر بنے مکرّم
اہل شر سے بچے مکرّم

پگ پگ لطفِ منزل پائے
منزل منزل بڑھے مکرّم

خوشیاں دے کر خوشیاں پائے
فاتح دل کا بنے مکرّم

رنگ و بو کی منزل ٹھہریں
جن راہوں پر چلے مکرّم

قول و فعل ہو اتنا روشن
نام جہاں میں کرے مکرّم

اللہ یہ توفیق دے اس کو
زخمِ انساں بھرے مکرّم

پھول سا پیکر ہے وہ لیکن
پھول سے بہتر بنے مکرّم

اچھی اچھی عادت پائے
سب کے دل میں رہے مکرّم

●●

• بچوں کا ہلال، رام پور، جولائی ۲۰۰۳ء

لوری نما

دادا دادا بولے باؤ دادا دادا بولے
کانوں میں رس گھولے باؤ کانوں میں رس گھولے
دادا دادا بولے باؤ دادا دادا بولے

تاتا تھیا چلنا سیکھے، سیکھے تاتا تھیا
تاتا تھیا تاتا تھیا، خوش ہیں آپی، بھیا!
خوش ہیں آپی بھیا، باؤ! سولے اب تو سولے
سولے اب تو سولے
دادا دادا بولے باؤ دادا دادا بولے

جو بھی ساماں ہاتھ میں آئے، منہ میں رکھ کر چوسے
چھن جائے یہ ساماں تو وہ روئے دھوئے روٹھے
امّی ابّو آپی کو جب دیکھے تو خوش ہولے
دیکھے تو خوش ہولے
دادا دادا بولے بابو دادا دادا بولے

●●

• بچوں کا ہلال، رام پور، جون ۲۰۱۱ء

غرور کا انجام

(منظوم کہانی)

حامد تھا مدرسے کا اک ہونہار بچّہ
جویا تھا علم کا وہ، تھا کامگار بچّہ

عزت بڑوں کی کرتا چھوٹوں سے پیار کرتا
سب کو سلام کرتا سب سے ادب سے ملتا

پیکر خلوص کا تھا، یوں باتمیز تھا وہ
اپنے ہوں یا پرائے سب کا عزیز تھا وہ

اک روز اس کے دل میں شیطان آ سمایا
پھر کیا تھا خود نمائی نے سر بہت اٹھایا

سوچا، یونہی نہیں یہ لوگوں پہ دھاک میری
شاید یہاں سبھوں سے اونچی ہے ناک میری

سب چاہتے ہیں مجھ کو، میں سب کا ہوں دلارا
شاید نہیں ہے روشن مجھ سا کسی کا تارا

یہ سوچتے ہی ایسا مغرور ہوگیا وہ
اخلاص و نیک سیرت سے دور ہوگیا وہ

ملنے لگی شرارت ہی میں اسے تو لذت
وہ مانتا بُرا، جب کرتا کوئی نصیحت

تنگ آ کے رفتہ رفتہ لوگوں نے ساتھ چھوڑا
یاروں نے منہ کو موڑا، اپنوں نے رشتہ توڑا

اوروں سے دور ہو کر اپنے میں کھو گیا وہ
بستی میں، مدرسے میں تنہا سا ہو گیا وہ

ساتھ اُس کے مدرسے اب ساتھی کوئی نہ جاتا
اب ساتھ وہ کسی کے ہرگز نہ کھیل پاتا

اک روز راستے میں دیکھا نہ اس نے پتھر
زخمی ہوا وہ کافی کھائی جو اس نے ٹھوکر

خون اتنا بہہ گیا کہ بے ہوش ہو گیا وہ
آیا جو ہوش اپنی حالت پہ رو پڑا وہ

کوئی نہ تھا وہاں جو اس کی مدد کو آتا
لنگڑاتا اور روتا اس شام گھر کو پہنچا

ایک ہفتہ بعد اس کا سالانہ امتحاں تھا
لیکن علاج ہی میں ہفتہ وہ سارا گزرا

دن امتحاں کے بارش نے راستے میں گھیرا
پیڑوں کے نیچے دُبکا، چھتری نہ لا سکا تھا

ویسے تو ساتھیوں کو اس نے بہت پکارا
لیکن کسی کو اس پر مطلق ترس نہ آیا

القصہ امتحاں میں ناکام ہوگیا وہ
تھا نیک نام کل تک، بدنام ہوگیا وہ

بچّو! فقط کہانی ہرگز اسے نہ جانو
یہ بات قیمتی ہے دل سے تم اس کو مانو

بھولے سے بھی نہ ہرگز دل میں غرور آئے
کردار بھی ہو ایسا سب کو سرور آئے

کرتا ہے خاک جسم و جاں کو غرور ایسے
سوکھے ہوئے شجر کو کھا جائے آگ جیسے

••

• بچوں کا ماہنامہ امنگ، نئی دہلی/ستمبر ۱۹۹۲ء
• امنگ کی منتخب کہانیاں/اردو اکادمی دہلی/۱۹۹۵ء

بولو، کون بہادر ہے؟

بولو! کون بہادر ہے؟
بولو! کون بہادر ہے؟

شیروں کو جو مار گرائے
بڑے بڑوں سے جو ٹکرائے
یا وہ جو ہر اک عالم میں
غصہ آئے تو پی جائے

بولو! کون بہادر ہے؟
بولو! کون بہادر ہے؟

نفس کا اپنے وہ حاکم ہو
یا نفس اس کا ہی حاکم ہو
اتراتا ہو اپنی خطا پر
یا وہ خطاؤں پر نادم ہو

بولو! کون بہادر ہے؟
بولو! کون بہادر ہے؟

گرتوں کو جو ٹھوکر مارے
یا جو گرتوں کو بھی سنبھالے
ظلم پہ جو خاموش رہے یا
ظلم سے مظلوموں کو بچالے

بولو! کون بہادر ہے؟
بولو! کون بہادر ہے؟

طاقت پر جو ہو مغرور
یا اخلاق ہو جس کا نور
سچ کہنا سچ سننا جانے
یا ان سب سے ہو وہ دور

بولو! کون بہادر ہے؟
بولو! کون بہادر ہے؟

سچائی کی راہ چلے جو
یا جو ہر پل خود کو بدلے
ٹھوکر سے بھی سبق نہ لے جو
یا جو گر جائے تو سنبھلے

بولو! کون بہادر ہے؟
بولو! کون بہادر ہے؟

●●

• بچوں کا ماہنامہ امنگ، نئی دہلی/اگست ۲۰۰۵ء

پہیلیوں کی محفل

آؤ سارے ساتھی آؤ، آؤ بزم سجاؤ
ذہنی ورزش کے کھیلوں سے اپنا دل بہلاؤ

کون ہے وہ جو آتا ہے تو مالک ہو یا ہو مزدور
اپنے ہاتھوں آپ چپت کھانے کو ہو جاتا مجبور[1]

وہ کیا؟ جس کا ایک محافظ ہو تو اچھا رہتا ہے
کئی محافظ ہو جائیں تو ہر دم خطرہ رہتا ہے[2]

پانی، شربت، جُوس وغیرہ ہم سب پیتے رہتے ہیں
لیکن کیا ہے جس کو صرف بہادر ہی پی سکتے ہیں[3]

کون ہے جس کو آتے جاتے پاتے ہو روزانہ تم
دیکھتے ہی اس کو پاتے ہو اپنا اپنا چہرہ تم[4]

وہ کیا؟ جس کا بُرا ہے آنا، جانا جس کا اور بُرا
اٹھنا بیٹھنا بھی ہے جس کا، باعث غم اور صدمے کا[۵]

وہ کیا چیز ہے جس کو انساں پانی میں ہی پائے؟
پانی میں ہی پائے اور وہ پانی میں ہی کھائے[۶]

کون سا کھانا پک جاتا ہے بن برتن بن اگنی کے
پیٹ نہیں بھرتا ہے لیکن ہم سب شوق سے ہیں کھاتے[۷]

وہ کیا جس کے استعمال پر ہم سب ہوتے ہیں مسرور
وہ کہ جس کو دانت بہت ہیں پھر بھی کھانے سے معذور[۸]

نعمتیں وہ کون سی ہیں جو ہم کو تم کو رب نے دیں
لیکن ان سے بابا آدم، ماں حوا محروم رہیں[۹]

ایسی ہے کیا چیز یہاں جو ایک ہی بار ہے آتی
آ کے جاتی ہے تو پھر وہ کبھی نہیں واپس آتی[۱۰]

ختم ہوئی پہیلی ان کو بوجھ سکو تو بوجھو
کس نے کتنے حل بتلائے اب یہ غور سے سن لو

اسلم اور موہن کے دو دو درست جواب ہیں ٹھہرے
منظر، ارشد، سنجے، درپن چپ تھے جیسے بہرے

نغمہ، عارف، رادھا، صفدر، اکبر، نزہت، آشا
ان سب نے بھی کوشش کی اور حل بتلایا چھے کا

عطاؔ عابدی سے اب سن لو جواب ہے کیا ان سب کا
اپنی ذہانت آپ پرکھنے کا ہے موقع اچھا

بالترتیب جواب ہے ان کا: مچھر[1]، راز[2] اور غصہ[3]

ان کے آگے کا حل ہے: آئینہ[4]، آنکھ[5] اور غوطہ[6]

پلاؤ خیالی[7]، کنگھی[8]، اور ماں باپ[9] جواب ہیں آگے

جیون مرتیو[10] پر ہوتے ہیں ختم جواب ہمارے

اسی کے ساتھ یہیں پر اپنی محفل کو برخاست کرو
ختم ہوئی وقفے کی گھنٹی اپنے اپنے کلاس چلو

••

○ ماہنامہ پیام تعلیم، نئی دہلی، اپریل ۲۰۰۲ء

پیارے بچّوں کی پیاری تمنائیں

گو اُڑاتے ہیں ابھی دُھولیں ہم
چاہتے ہیں کہ فلک چھو لیں ہم

ہو بزرگوں کی دعاؤں میں اثر
باغِ ہستی میں پھلیں پھُولیں ہم

علم کا شوق ہو دل میں اتنا
سبق اپنا نہ کبھی بھُولیں ہم

شاد و آباد رہے یہ بچپن
اور جھولوں پہ یونہی جھولیں ہم

قوتِ خیر عطا ہو اتنی
ڈھیلی شر کی کریں سب چُولیں ہم

اپنی تقدیر کے ہم ہیں معمار
اپنا منصب کبھی نہ بھُولیں ہم

●●

○ بچوں کا ماہنامہ امنگ، نئی دہلی، دسمبر ۲۰۰۵ء

ایک اولوالعزم بچّے کا احساس

میں حال کا مژدہ ہوں
میں رونقِ فردا ہوں

بچپن کا زمانہ ہے
خوشیوں کا ترانہ ہے
معمار ہوں فردا کا
امروز ٹھکانہ ہے
آنکھوں کو ہمیشہ میں
سو خواب دکھاتا ہوں

میں حال کا مژدہ ہوں
میں رونقِ فردا ہوں

پڑھ لکھ کے بڑا بننا
مقصد بھی ہے کاوش بھی

انسان کی خدمت کا
جذبہ بھی ہے خواہش بھی
میں نیک عزائم سے
دل اپنا سجاتا ہوں

میں حال کا مژدہ ہوں
میں رونقِ فردا ہوں

ماں باپ بہن بھائی
الفت ہے مجھے سب سے
استاد ہوں یا احباب
نسبت ہے مجھے سب سے
خدمت کے لیے ان کی
تیار میں رہتا ہوں

میں حال کا مژدہ ہوں
میں رونقِ فردا ہوں

میں راج دلارا ہوں
میں پھول سے پیارا ہوں
ماں باپ کی آنکھوں کا
تابندہ ستارا ہوں

میں ان کی امیدوں کا
مرکز ہوں، مداوا ہوں

میں حال کا مژدہ ہوں
میں رونقِ فردا ہوں

یارب ہے دعا میری
نیکی ہو ادا میری
نادان ہوں عاصی ہوں
تُو بخش خطا میری
خُوش مجھ سے زمانہ ہو
یہ آرزو رکھتا ہوں

میں حال کا مژدہ ہوں
میں رونقِ فردا ہوں

●●

پڑھ لکھ کر ہم نام کریں گے

ہر دم اچھا کام کریں گے
پڑھ لکھ کر ہم نام کریں گے

اللہ سے مانگیں گے دعائیں
پائیں گے رحمت کی فضائیں
رحمت کو ہم عام کریں گے
پڑھ لکھ کر ہم نام کریں گے

کب ہے ہم کو سب پہ بھروسہ
ہم کو ہے بس رب پہ بھروسہ
کام یہ صبح و شام کریں گے
پڑھ لکھ کر ہم نام کریں گے

سب کے لیے سوچیں گے بھلائی
کبھی نہ ہوگی ہم سے بُرائی
سدا ہم اچھے کام کریں گے
پڑھ لکھ کر ہم نام کریں گے

کریں گے ہم سب بڑوں کی عزت
پائیں گے ہم سب سے شفقت
نیکی ہم ہر گام کریں گے
پڑھ لکھ کر ہم نام کریں گے

••

• بچوں کا ماہنامہ امنگ، نئی دہلی / اپریل ۲۰۱۱ء

ایک طالب علم کے معمولات و عزائم

میں علم کا شیدا ہوں
میں علم کا جویا ہوں

میں صبح میں اٹھتا ہوں
اللہ کو بھجتا ہوں
پھر ناشتہ کر کے میں
اسکول کو جاتا ہوں
میں علم کا شیدا ہوں
میں علم کا جویا ہوں

میں پھول ہوں مکتب کا
مکتب ہے چمن میرا
معصوم ادا ہوں میں
الفت ہے سخن میرا

ہر غم سے ہوں بیگانہ
میں وقت کا راجا ہوں
میں علم کا شیدا ہوں
میں علم کا جویا ہوں

استاد مرے رہبر
اسباق مری راہیں
مسکن ہے میرا مکتب
احباب ہیں کتابیں
اسباق کو پڑھ کر میں
علم اپنا بڑھاتا ہوں
میں علم کا شیدا ہوں
میں علم کا جویا ہوں

ہر آن کتابیں ہیں
ہر شان کتابیں ہیں
دل میں ہیں بسیں یوں کہ
اب جان کتابیں ہیں
قدر ان کی میں کرتا ہوں
آنکھوں سے لگاتا ہوں

میں علم کا شیدا ہوں
میں علم کا جویا ہوں

یارب یہ تمنا ہے
عالم بنوں عابد بھی
فردا کا بنا مجھ کو
زاہد بھی مجاہد بھی
خوش خلق بنا مجھ کو
یہ چاہ میں رکھتا ہوں
میں علم کا شیدا ہوں
میں علم کا جویا ہوں

محنت زندہ باد

محنت زندہ باد، محنت زندہ باد

محنت ہم اپنائیں گے
آگے بڑھتے جائیں گے
اک دن منزل پائیں گے

محنت زندہ باد، محنت زندہ باد

محنت ہے دنیا کی شان
محنت وجہِ اطمینان
محنت خوش رکھتی ہر آن

محنت زندہ باد، محنت زندہ باد

محنت سے مٹی گلشن
محنت سے عالم روشن
محنت سے ملتا ہے دھن

محنت زندہ باد، محنت زندہ باد

محنت سے ہم سب آباد
محنت سے ہر دل ہے شاد
محنت کو رکھ ہر دم یاد

محنت زندہ باد، محنت زندہ باد

●●

• ماہنامہ پیام تعلیم، نئی دہلی/ مئی، ۲۰۱۱ء

"الکٹرونک میڈیا آج پرنٹ میڈیا کے سامنے ایک چیلنج کی حیثیت رکھتی ہے۔ مختلف کارٹون چینلز مافوق الفطرت مناظرہ وواقعات پیش کر کے بچوں کو جرائم کے متنوع پہلو اور سحر زدہ طلسمی کیفیات سے دوچار کرتے رہتے ہیں۔ آج نصابی کتابوں کے موضوعات، آرٹس ہوں یا سائنس، زندگی کو زیادہ سے زیادہ آسائش سے نوازنے والی ملازمتوں کے حصول کے پیش نظر ترتیب دیئے جاتے ہیں۔ میں اقتصادیات کی اہمیت کا منکر نہیں کہ اس کے بغیر آدمی مختلف برائیوں پر مجبور ہو جاتا ہے۔ مجھے کہنا صرف یہ ہے کہ وہ چینلز یا نصابی کتابوں کے موضوعات اخلاقیات کے باب میں خاموش صورت حال پیش کرتے ہیں۔ ایسے میں انسانی واخلاقی اوصاف سے مزین وہ معاشرہ جو صالحیت ونافعیت کا امین ہو، کہیں دکھائی نہیں دیتا۔ آج سماج کی بہت ساری خرابیوں کی وجہ یہ بھی ہے کہ نصاب سازوں کی توجہ بچے کو ڈاکٹر، انجینئر، اعلیٰ افسر اور نئی تکنیک کے ماہرین بنانے کی طرف تو ہوتی ہے لیکن یہ ماہرین سماج میں اپنے اخلاقی اوصاف اور اعلیٰ انسانی قدروں کی پاسداری کی بنا پر بھی اپنی پہچان بناسکیں، اس کی ویسی فکر نہیں ہوتی جیسی ہونی چاہئے۔ اسی کا نتیجہ ہے کہ آج نہ تو ڈاکٹر میں مریض کے تئیں ویسی ہمدردی کا جذبہ ہے، نہ استاد کو اپنی عظمت کا پاس ہے نہ طالب علم کو استاد کی حرمت کا خیال۔ یہی وجہ ہے کہ آج بہت سے گھپلوں اور جرائم میں اعلیٰ تعلیم یافتہ حضرات بھی ملوث نظر آتے ہیں۔ یہ ایک ایسا خلاء ہے جسے ادب اطفال کے ذریعہ پر کیا جاسکتا ہے تاکہ مستقبل حال سے زیادہ تابناک اور نفع بخش ہو۔ اس اعتبار سے ادب اطفال کے تئیں قلم کاروں کی ذمہ داریاں بڑھ جاتی ہیں۔ لہٰذا ضرورت ہے کہ ہمارے شعراء، ادباء اور نقاد ادب اطفال کی اہمیت وافادیت کو نہ صرف سمجھیں بلکہ اسے اپنی گفتگو و مطالعے کا حصہ بھی بنائیں۔"

عطا عابدی